mi mini biografía

George Washington

Publicado en los Estados Unidos de América por Cherry Lake Publishing
Ann Arbor, Michigan
www.cherrylakepublishing.com

Asesor de contenidos: Ryan Emery Hughes, estudiante de doctorado, Facultad de Educación, University of Michigan
Asesora de lecturas: Marla Conn MS, Ed., Especialista en alfabetización, Read-Ability, Inc.
Diseño de libro: Jennifer Wahi
Ilustrador: Jeff Bane

Créditos fotográficos: © Alonzo Chappel/Library of Congress, 5; © Everett Collection Inc / Alamy Stock Photo, 7; © Junius Brutus Stearns/Library of Congress, 9; © Library of Congress, 11; © Sarony & Major/Library of Congress, 13; © Library of Congress, Impreso por John Dunlap [1776], 15, 22; © Currier & Ives/Library of Congress, 17; © Stuart Gilbert, from the New York Public Library, 19, 21, 23; Tapa, 6, 14, 18, Jeff Bane; Varias imágenes, Shutterstock Images

Library of Congress Cataloging-in-Publication Data has been filed and is available at catalog.loc.gov

Impreso en los Estados Unidos de América
Corporate Graphics

Índice de contenidos

Acerca de la autora: Emma E. Haldy era bibliotecaria y proviene de Michigan. Vive con su marido, Joe, y una colección cada vez mayor de libros.

Acerca del ilustrador: Jeff Bane y sus dos socios comerciales tienen un estudio junto al Río Americano en Folsom, California, donde tuvo lugar la Fiebre del Oro de 1849. Cuando Jeff no está haciendo bocetos o ilustraciones para clientes, está nadando o haciendo kayak en el río para relajarse.

Nací en 1732. Viví en Virginia.

Mi familia poseía una **plantación**.

¿Dónde vives tú?

Era bueno con las matemáticas.

Era muy alto.

Serví en la **milicia**.
Era valiente. Era inteligente. Fui un buen líder.

¿Te gusta ser líder?
¿Por qué sí o por qué no?

Conocí a Martha Dandridge Custis. Nos casamos.

Ella ya tenía dos hijos. La ayudé a criarlos.

Vivía en América. Nos gobernaba el rey de Inglaterra.

No estábamos contentos con cómo nos trataba el rey. Queríamos liberarnos de él.

Me uní a otros líderes para declarar la **independencia** de América.

Entramos en guerra con Inglaterra. Yo lideré el Ejército Continental.

IN CONGRESS, JULY 4, 1776.

A DECLARATION

BY THE REPRESENTATIVES OF THE

UNITED STATES OF AMERICA,

IN GENERAL CONGRESS ASSEMBLED.

Signed by ORDER *and in* BEHALF *of the* CONGRESS,

JOHN HANCOCK, PRESIDENT.

ATTEST.

CHARLES THOMSON, SECRETARY.

Fue una lucha larga.
¡Pero lideré la **victoria** para los Estados Unidos!

La gente me quería. Fui elegido el primer presidente de los Estados Unidos de América.

Yo sabía que era un **modelo**.
Era justo. Era honesto.

Fui presidente por dos períodos.
Luego volví a casa.

Trabajé en mi plantación.
Pasé tiempo con mi familia.
Dos años más tarde caí enfermo y morí.

Era un hombre **humilde**. Creía en los Estados Unidos. Serví con honor.

¿Qué te gustaría preguntarme?

IN CONGRESS, JULY 4, 1776.
A DECLARATION
BY THE REPRESENTATIVES OF THE
UNITED STATES OF AMERICA,
IN GENERAL CONGRESS ASSEMBLED.

1776

1730

Nació en 1732

1789

1830

Murió en 1799

glosario

humilde (hu-MIL-de) alguien que no piensa que es mejor que los demás

independencia (in-de-pen-DEN-cia) libertad

milicia (mi-LI-cia) un grupo de gente entrenada para luchar, pero que no son soldados

modelo (mo-DE-lo) una persona cuyos buenos ejemplos copian otros

plantación (plan-ta-CIÓN) una gran granja en climas cálidos donde se cultivan productos agrícolas

victoria (vic-TO-ria) ganar una batalla, guerra o concurs

índice